Collection de F.-T. PIGGOTT

DE LONDRES

ESTAMPE JAPONAISE

Estampes et Surimonos

Triptyques, Panneaux et Albums peints

Cahiers d'Études

Kakémonos et Paravents

EXPOSITION PUBLIQUE

HOTEL DROUOT — SALLE No 4

Le Dimanche 31 Janvier 1892

Commissaire-Priseur	*Expert*
Me Maurice DELESTRE	M. B. LASQUIN
Rue Drouot, nº 27	Rue Laffitte, nº 12

PARIS — 1892

IMPRIMERIE MAULDE ET RENOU

A. MAULDE & Cie

IMPRIMEURS DE LA COMPAGNIE DES COMMISSAIRES-PRISEURS

Rue de Rivoli, 144. — Paris

CATALOGUE

DE LA

Collection F.-T. PIGGOTT

DE LONDRES

ESTAMPE JAPONAISE

Estampes et Surimonos

Triptyques, Panneaux et Albums peints

Cahiers d'Études

Kakémonos et Paravents

DONT LA VENTE AURA LIEU

HOTEL DROUOT, SALLE N° 4

Les Lundi 1er, Mardi 2 et Mercredi 3 Février 1892

A DEUX HEURES

Commissaire-Priseur	*Expert*
Me Maurice DELESTRE	M. B. LASQUIN
Rue Drouot, n° 27	Rue Laffitte, n° 12

CHEZ LESQUELS SE TROUVE LE PRÉSENT CATALOGUE

EXPOSITION PUBLIQUE

Le Dimanche 31 Janvier 1892, de 1 h. 1/2 à 5 h. 1/2

CONDITIONS DE LA VENTE

Elle sera faite au comptant.

Les Acquéreurs paieront CINQ POUR CENT en sus des enchères applicables aux frais.

A. MAULDE et Cie, imprimeurs de la Cie des Commissaires-Priseurs,
rue de Rivoli, 144. 500—20778

DÉSIGNATION

ESTAMPES

GRAND FORMAT

ÉCOLE D'OUTAGAVA

1 — Trois Estampes.

2 — Sept Estampes, par Toyokuni, Kunihissa, etc.

3 — Six Estampes, par Kuniyoshi.

4 — Six Estampes, par le même.

5 — Six Estampes, par le même.

6 — Six Estampes, par le même. Signées : Toyokuni.

7 — Six Estampes, par le même.

8 — Neuf Estampes, par Toyokuni.

9 — Six Estampes, par Kunisada.

10 — Sept Estampes, par le même.

2.

11 — Dix Estampes, par le même.

12 — Huit Estampes, par le même.

13 — Trois Estampes, par le même.

14 — Trois Estampes.

15 — Six Estampes, par Keisaï Yeisen.

16 — Six Estampes, par le même.

17 — Cinq Estampes, par le même.

18 — Cinq Estampes, par Kuniyassou.

19 — Sept Estampes, par Kuniyassou, etc.

20 — Huit Estampes, par Toyokuni, etc.

21 — Sept Estampes, par Toyokuni, Kunimaro, etc.

22 — Une Estampe, Temple japonais, par Toyoharou.

23 — Deux Estampes, Paysage avec figures, par Hokoushiou.

24 — Deux Estampes, par Yeiri.

25 — Deux Estampes, par Toyokuni Ier.

26 — Trois Estampes, par le même.

27 — Trois Estampes, par le même.

28 — Deux Estampes, Figures, par Hiroshighé.

29 — Une Estampe, Pastiche de l'École d'Otsu, par le même.

30 — Trois Estampes de la série des Éventails, par le même.

31 — Six Estampes, par Kuninaga.

ÉCOLE DE KATSUKAVA

32 — Quatre Estampes, par Shunsen.

33 — Quatre Estampes, Paysages avec figures, par le même.

34 — Deux Estampes, par le même.

35 — Une Estampe, Paysage avec figures, par le même.

36 — Cinq Estampes, par Kiyominé (famille des Tori-i).

37 — Trois Estampes, par Kiyonaga (famille des Tori-i).

38 — Deux Estampes, par le même.

39 — Une Estampe, par le même.

40 — Trois Estampes, par Shuntei.

41 — Quatre Estampes, par Yeissui.

42 — Deux Estampes, par Shinman.

43 — Deux Estampes, par Yeishi.

44 — Trois Estampes, par le même.

45 — Trois Estampes, par le même.

46 — Deux Estampes, par le même.

47 — Trois Estampes, par Yeisho.

48 — Trois Estampes, par le même.

49 — Sept Estampes, par Shiko, Tshoki et divers.

50 — Trois Estampes, par Shutsho.

51 — Deux Estampes, par SHINMAN.

52 — Deux Estampes, par SHUNYEI.

53 — Deux Estampes, par TOYOKUNI et TOYOHIRO (OUTAGAVA).

54 — Trois Estampes, par SHUNTSHO.

55 — Deux Estampes, par le même.

56 — Deux Estampes, par le même.

57 — Deux Estampes, par SHUNZAN.

58 — Quatre Estampes, par divers.

59 — Une Estampe, Paysage, par YEIZAN.

60 — Sept Estampes, par le même.

61 — Cinq Estampes, par YEIZAN.

62 -- Cinq Estampes, par le même.

63 — Sept Estampes, par le même.

64 — Trois Estampes (série), par le même.

65 — Quatre Estampes, par le même.

66 — Deux Estampes, par le même.

67 — Deux Estampes, par le même.

68 — Quatre Estampes, par le même.

69 — Trois Estampes, par le même.

70 — Six Estampes, par le même.

71 — Quatre Etsampes, par le même.

72 — Sept Estampes, par le même.

73 — Neuf Estampes, par le même.

74 — Huit Estampes, par le même.

75 — Cinq Estampes, par SHIKIMARO et MINÉMARO.

76 — Quatre Estampes, par HIDÉMARO.

77 — Cinq Estampes, par le même.

78 — Quatre Estampes, par le même.

79 — Cinq Estampes, par KIKUMARO.

80 — Trois Estampes, par TSUKIMARO.

81 — Quatre Estampes, par le même.

82 — Cinq Estampes, par OUTAMARO.

83 — Cinq Estampes, par le même.

84 — Dix Estampes, par le même.

85 — Cinq Estampes, par le même.

86 — Huit Estampes, par le même.

87 — Huit Estampes, par le même.

88 — Cinq Estampes, par le même.

89 — Neuf Estampes, par le même.

90 — Deux Estampes, par le même.

91 — Trois Estampes, par le même.

92 — Deux Estampes, par le même.

93 — Deux Estampes, par OUTAMARO.

94 — Une Estampe, par le même.

95 — Une Estampe, par le même.

96 — Une Estampe, par le même.

97 — Une Estampe, par le même.

98 — Deux Estampes, par le même.

99 — Deux Estampes, par le même.

100 — Deux Estampes, par le même.

101 — Deux Estampes, par le même.

102 — Cinq Estampes, par divers.

103 — Trois Estampes, par Kosuisaï et divers.

104 — Neuf Estampes, par Tômin.

105 — Neuf Estampes, par divers.

106 — Deux Estampes, par Koriousaï.

107 — Quatre Estampes, Paysages avec Figures, par Shunsen.

108 — Quatre Estampes, Paysages avec Figures, par le même.

109 — Une Estampe, tirée des îles Liou-Kiou, par Hokusaï.

110 — Une Estampe, l'une des trente-six Vues du Fuziyama, par le même.

111 — Deux Estampes, Paysages, par Hokusaï et Hokushiou.

112 — Une Estampe, Paysage avec Figures, par Hokusaï.

DIPTYQUES

ÉCOLE D'OUTAGAVA

113 — Deux Diptyques : Courtisans, par TOYOKUNI.

114 — Trois Diptyques : Figures, par TOYOKUNI.

115 — Deux Diptyques : Groupes de Femmes, par TOYOKUNI.

ÉCOLE DE KATSUKAVA.

116 — Trois Diptyques : Groupes de Femmes par SHUNTEI.

117 — Deux Diptyques : Groupes de Femmes, par TOYOKUNI et YEIZAN.

118 — Deux [Diptyques : Groupes de Femmes, par TOYOKUNI et TSUKIMARO.

119 — Un Diptyque : Groupes de Femmes, par YEIRI.

120 — Deux Diptyques : Groupes de Femmes, par OUTAMARO et TOYOKUNI.

121 — Deux Diptyques : Groupes de Femmes, par OUTAMARO et TOYOKUNI.

122 — Deux Diptyques : Groupes de Femmes, par OUTAMARO et TOYOKUNI.

TRIPTYQUES

ÉCOLE D'OUTAGAVA

123 — Un Triptyque : Trois Femmes, par Toyokuni.

124 — Un Triptyque : Groupes dans un parc, par Kunisada.

125 — Deux Triptyques : Divertissements.

126 — Un Triptyque : Une Maison de Thé, par Kuninao.

127 — Un Triptyque : Concert, par le même.

128 — Un Triptyque : Une Visite, par Kuniyoshi.

129 — Un Triptyque : Danse d'un Guerrier, par Kuniyoshi.

130 — Un Triptyque : Divertissements sur une terrasse, par le même.

131 — Un Triptyque : Cour d'un Grand Seigneur, par Kuniyoshi.

132 — Un Triptyque : Contemplation devant le Soleil-Levant, par le même.

133 — Un Triptyque : Trois Femmes parmi les Fleurs, par Toyokuni.

134 — Un Triptyque : Groupe sur un pont bordé d'iris, par Toyokuni.

135 — Un Triptyque : Groupe de trois Personnages; au fond, Apparition de Renards, par TOYOKUNI.

136 — Un Triptyque : Cortège; au fond, le Fuziyama, par TOYOKUNI.

137 — Un Triptyque : Gens du Peuple dans la rue, par HIRONOBOU.

ÉCOLE D'OUTAGAVA

138 — Un Triptyque : Effet d'Hiver, par KUNISADA.

ÉCOLE DE KATSUGAVA

139 — Un Triptyque : Fête de nuit nautique, par YEIZAN.

140 — Un Triptyque : Promeneurs au bord de l'eau, par SHUNSEN.

141 — Un Triptyque : Groupes de Femmes portant des parapluies, par TOYOKUNI (École d'Outagava).

142 — Un Triptyque : Groupe symbolique, par TOYOKUNI.

143 — Un Triptyque : Même sujet, par le même.

144 — Un Triptyque : Représentation théâtrale, par le même.

145 — Un Triptyque : Composition symbolique, par le même.

146 — Un Triptyque : Promenade en barque, par TOYOKUNI.

147 — Un Triptyque : Groupe de Promeneurs, par TOYOKUNI.

148 — Un Triptyque : Lutteurs, par SHUNSHO.

ESTAMPES

PETIT FORMAT

149 — Deux Estampes : Sujet humoristique, par SHUNSEN.

150 — Cinq Estampes diverses, par OUTAMARO, KIYONAGA et divers.

151 — Trois Estampes diverses, par KIYONAGA, SHUNZAN, TOYOKUNI.

152 — Deux Estampes, par YEISHI.

153 — Deux Etampes, par SUNTSHO.

154 — Un Triptyque : L'Averse, par TOYOKUNI.

155 — Cinq Estampes, par SHIGHÉMASSA, SHUNZAN, etc.

156 — Dix Estampes, par divers.

157 — Trois Estampes, par YEISHI.

158 — Cinq Estampes, par HOKUSAÏ.

159 — Trois Estampes, par KORIUSAÏ et SHUNSHO.

160 — Une Estampe : Le Jeu de Volant, par HARUNOBOU.

161 — Une Estampe : La Coiffure, par le même.

162 — Une Estampe : La Friseuse, par le même.

163 — Une Estampe : La Promenade, par le même.

164 — Une Estampe : Chanteuse et Musicienne, par le même.

165 — Une Estampe : La Cascade, par Harunobou.

ESTAMPES

PETIT FORMAT EN HAUTEUR

166 — Trois Estampes : Acteurs, par Buntsho, Shunsho, Kiyonaga.

167 — Cinq Estampes : Lutteurs, par Shunyei.

168 — Quatre Estampes : Acteurs, par Shunsho, Shunko.

169 — Deux Estampes : Lutteurs, par Shunko.

170 — Un Triptyque : La Pêche.

SURIMONOS DE YEDDO

FORMAT CARRÉ

171 — Cinq Feuilles, par Gakutei.

172 — Sept Feuilles, par divers.

173 — Dix Feuilles, par Gakutei et divers.

174 — Huit Feuilles, par divers.

175 — Huit Feuilles, par Shinsaï et divers.
176 — Dix Feuilles, par Hok'kei et divers.
177 — Cinq Feuilles, par Gakutei et divers.
178 — Huit Feuilles, par Keisaï et divers.
179 — Sept Feuilles, par Kunisada et divers.
180 — Cent sept Feuilles, par le même et divers.
181 — Sept Feuilles, par Hok'kei et divers.
182 — Cinq Feuilles, par Gakutei et divers.
183 — Cinq Feuilles, par Kunisada et divers.
184 — Cinq Feuilles, par Kuniyoshi et divers.
185 — Quatre Feuilles, par Kunisada et divers.
186 — Trois Feuilles, par Shighenobou et divers.
187 — Deux Feuilles.
188 — Deux Feuilles, par Hok'kei.
189 — Trois Feuilles, par Hiroshighé et Hok'kei.

SURIMONOS

PETIT FORMAT

190 — Cinq Feuilles, par divers.
191 — Six Feuilles, par divers.

GRANDS SURIMONOS DE YEDDO

FORMAT OBLONG

192 — Une Feuille : Le Passeur, par Shunsen.

193 — Une Feuille : Grand Paysage maritime, par HOKUSAÏ.

194 — Une Feuille : Divertissement, par HOKUSAÏ.

195 — Une Feuille : Promenade parmi les pins, par YEIRI.

196 — Une Feuille : Musiciennes.

197 — Une Feuille : Cortège.

198 — Une Feuille : Pique-Nique à la campagne.

199 — Une Feuille : Promenade près une forêt.

PANNEAUX A DOUBLE FACE

200 — Triptyques : Scènes diverses, par TOYOKUNI, KUNIYOSHI, KUNISADA, etc.

201 — Dix Triptyques : Scènes diverses, par YOSHITOSHI, KUNIYOSHI, TOYOKUNI, etc.

202 — Douze Triptyques : Scènes diverses, par YEIZAN, TOYOKUNI, YOSHITEROU, etc.

203 — Dix Triptyques : Scènes diverses, par TOYOKUNI, KUNINAGA, KUNISADA, etc.

204 — Dix Triptyques : Scènes diverses, par TOYOKUNI, YEISEN, KUNISADA, etc.

205 — Douze Triptyques : Scènes diverses, par TOYOKUNI, KUNISADA et divers.

TRIPTYQUES

206 — Deux Triptyques, par Kunisada et Kuninaga.

207 — Un Triptyque : Scène des Ronins, par Kunisada.

208 — Un Triptyque : Divertissements dans une Maison de thé, par Yeizan.

209 — Un Triptyque : Passage d'un gué, par le même.

210 — Un Triptyque : Bonhomme de neige, par le même.

211 — Cinq Triptyques : Sujets divers, par Kunisada, Kuniterou, Ashiyouki, etc.

212 — Trois Triptyques : Cortège. Chasse au sanglier, en deux états, par Kunisada et Yoshitoshi.

213 — Deux Triptyques : Scènes d'intérieur. Promenade dans un parc, par Toyokuni et Kunisada.

214 — Quatre Triptyques : Sujets variés, par Toyokuni et Kiyominé, etc.

215 — Un Triptyque : Promenade près d'un pont, par Yeishi.

216 — Un Triptyque : Départ pour la promenade, par Kikoumaro.

217 — Un Triptyque : Fête populaire, par Toyokuni.

218 — Un Triptyque : Le Coup de vent, par Toyokuni.

219 — Un Triptyque : Groupe de fleurs sur une terrasse, par le même.

220 — Deux Triptyques : Scènes d'intérieur, par Kunisada.

221 — Deux Triptyques : Scènes d'intérieur, par le même.

222 — Un Triptyque : Chasse dans un parc, par Toyohiro.

223 — Un Triptyque : Promenade en barque, par Yeishi.

224 — Six Diptyques : Sujets divers, par Hokuyei, Hokushiou, etc.

225 — Dix Diptyques (sur cinq cartons) : Sujets divers, par Toyokuni, Kunisada, etc.

226 — Dix Diptyques (sur cinq cartons).

227 — Six Estampes : Sujets divers, par Hiroshighé, Kuniyoshi, etc.

228 — Cinq Estampes : Sujets divers et Paysages, par Hiroshighé, Kuniyoshi, etc.

229 — Six Estampes : Sujets divers et Paysages, Hiroshighé, Kunisada, etc.

230 — Six Estampes : Paysages et Sujets divers, par HIROSHIGHÉ, ASHIYOUKI, SADATORA.

231 — Six Estampes : Paysages et Sujets divers, par HIROSHIGHÉ, HOKOUYEI, TOYOKUNI.

232 — Six Estampes : Paysages et Sujets divers, par HIROSHIGHÉ, KUNIYOSHI, SADANOBOU.

233 — Dix Estampes : Sujets divers, par YOSHISADA, YOSHITSUNÉ, etc.

234 — Douze |Estampes : Sujets divers, par KUNISADA, SADATORA, YOSHITOSHI.

235 — Douze Estampes : Sujets divers, par KUNITEROU, YEIZAN, SHUNSEN.

ESTAMPES

236 — Douze Estampes : Sujets divers par KUNISADA, YOSHISADA, etc.

237 — Douze Estampes : Sujets divers, par KUNITEROU, SADAYOSHI, YOSKITOSHI.

238 — Six Estampes : Paysages et sujets divers, par HIROSHIGHÉ, YEISEN, etc.

239 — Sept Estampes : Paysages et sujets divers, par HIROSHIGHÉ, TOYOKUNI, YEIZAN.

240 — Trois Estampes : Guerrier, par SHIGHÉNOBOU, YOSHITOSHI, HOKOUYEI.

241 — Trois Estampes : Musicienne, deux Guerriers, par KUNISADA, KUNIHIRO, SADANOBOU.

242 — Quatre Estampes : Guerriers, Dragons, etc , par KUNIYOSHI, YOSHITEROU, YOSHISADA.

243 — Douze Estampes : Sujets divers, par KUNIYOSHI et atelier.

244 — Dix Estampes : Sujets divers et bustes, par YEIZAN, KUNISADA, YEISEN, etc.

245 — Cinq Estampes : Sujets divers, par YEISEN, KUNISADA, YOSHITEROU.

246 — Quatre Estampes : Sujets divers, par HOKUSAÏ, KUNITEROU, YEIZAN.

247 — Quatre Estampes : Sujets divers, par KUNIYOSHI et KUNISADA.

248 — Quatre Estampes : Sujets divers, par HIRONOBOU, KUNITEROU, KUNISADA.

249 — Six Estampes : Compositions diverses, par KUNITEROU, TOYOKUNI, etc.

250 — Six Estampes : Sujets divers, Fleurs, par HIROSHIGHÉ. GAKUTÉI, etc.

251 — Six Estampes : Sujets divers, Fleurs, etc., par TOYOKUNI, SHIMBOKOU, etc.

252 — Cinq Cartons-Estampes : Sujets divers, par HOKUSAÏ.

253 — Deux Cartons-Estampes : Oiseaux et Fleurs par HOKUSAÏ et HIROSHIGHÉ.

254 — Deux Estampes : Femmes assises, par HARUNOBOU.

255 — Une Estampe : Scène maternelle, par Outamaro.

256 — Deux Estampes : Scènes enfantines, par Outamaro et Hidémaro.

PANNEAUX

257 — Un Triptyque : Pêcheurs de coquillages. par Outamaro.

258 — Un Triptyque : Départ pour la Chasse, par le même.

259 — Un Triptyque : Promenade en Norimono, par le même.

260 — Un Triptyque : Promeneurs et Lavandières, par le même.

261 — Un Triptyque : Rencontre de deux Cortèges, par le même.

262 — Un Triptyque : Promenade au bord de la Mer, par le même.

263 — Un Triptyque : Cortège devant le Fuziyama.

264 — Composition, cinq Feuilles : Cortège devant le Fuziyama, par Toyokuni.

265 — Même Sujet, par le même.

266 — Un Triptyque : Cortège devant un pont, par le même.

267 — Un Triptyque : Cortège devant le Fuziyama, par le même.

268 — Même Sujet, par le même.

269 — Un Triptyque : Grande Dame sortant d'un Norimono.

270 — Un Triptyque : Promenade au bord de la Mer, par le même.

271 — Un Triptyque : Trois Courtisanes, par YEIZAN.

272 — Un Triptyque : Cortège d'enfants, par le même.

273 — Un Triptyque : Fête de nuit nautique, par le même.

274 — Un Triptyque : Cueillette des Iris, par le même.

275 — Un Triptyque : Scène de la rue, par KUNIMARO.

276 — Un Triptyque : Divertissement dans un Parc, par SHUNSHO.

277 — Un Triptyque : Cortège de Femmes, par KUNINAO.

278 — Un Triptyque : Passants sur un pont. Effet d'hiver, par KUNISADA.

279 — Un Triptyque : La Passion du Jeu, allégorie, par KUNIYOSHI.

280 — Un Triptyque : Divertissements dans un Parc, par Toyohiro.

281 — Un Triptyque : Même Sujet, par le même.

282 — Un Triptyque : Grand Cortège au bord de la Mer, par Yeisen.

283 — Un Triptyque : Cortège devant le Fuziyama, par Tsukimaro.

284 — Un Triptyque : Jeu des Coupes à saké, par Yeishi.

285 — Trois Surimonos de Yeddo : Guerrier, par Gakutéi.

286 — Même Composition, par le même.

287 — Quatre Panneaux : Quatre Musiciennes, par Kiyominé.

288 — Panneau en hauteur : Paysan assujettissant sa chaussure, format Kakemono.

289 — Deux Guerriers, format Kakemono, par Koriousaï.

290 — Femme et Enfant, format Kakemono, par Kiyonaga.

291 — Jeune Homme et jeune Femme, format Kakemono.

292 — Deux Gheshas, format Kakemono, par Yeisho.

293 — Courtisane, format Kakemono, par Yeisen.

294 — Femme et Fillette, format Kakemono, par OUTAMARO.

295 — Diptyque : les Teinturières, par TOYOKUNI.

296 — Deux Diptyques: Personnages, par le même.

267 — Quatre Diptyques à deux personnages par le même.

298 — Aquarelle : Voyageurs sur un pont devant la Fuziyama. Trois vues d'hiver.

299 — Deux Encres de Chine : Vol d'oiseaux.

ALBUMS

300 — Un Album in-fol. : Suite d'environ 90 compositions en couleur, par KUNIYOSHI.

301 — Un Album in-fol.: Suite de 53 compositions par KUNISADA.

302 — Un Album in-fol. : Compositions humoristiques, par divers.

303 — Un Album in-fol.: Suite de compositions diverses, par TOYOKUNI.

304 — Un Album in-fol. : Suite de 34 compositions, par TOYOKUNI.

305 — Un Album in-fol.: Suite de 50 compositions, par KUNIYOSHI.

306 — Un Album in-fol. oblong. Divertissements, par TOYOKUNI.

307 — Un Album in-fol.: Guerriers, par Kuniyoshi.

308 — Un Album in-fol. : Guerriers, Combats, etc. par Kuniyoshi et Toyokuni.

309 — Un Album in-fol.: Acteurs, portraits, courtisanes, par les mêmes.

310 — Un Album in-fol. : Scènes humoristiques, par ?

311 — Un Album in-fol. :80 compositions, paysages en manchette, par Kuniyoshi.

312 — Un Album in-fol. : Suites de 53 compositions humoristiques, par Kuniyoshi.

313 — Un Album in-fol.: Suite de 53 compositions diverses, par Toyokuni.

314 — Un Album in-fol. : Suite de triptyques, par Toyokuni et divers.

315 — Un Album in-fol. : Acteurs et scènes de théâtres, par Yoshikuni et divers.

316 — Un Album in-fol. : Compositions diverses, par Toyokuni, Yoshitoshi, etc.

317 — Un Album in-fol.: Batailles, guerriers, lutteurs, par Kuniyoshi, Yoshikuni, Yoshisada.

318 — Un Album in-fol. : Acteurs, école d'Osaka, par Hokouyei, Hokoujiou, etc.

319 — Un Album in-fol. : Divertissements, par Toyokuni.

320 — Un Album in-fol. : Divertissements, par Kounisada.

321 — Un Album in-fol. : Sujets variés, par Toyokuni, Kunisada, etc.

322 — Un Album in-fol. : Série de compositions. Figures par Toyokuni. Paysages par Hiroshighe.

323 — Un Album in-fol. : Acteurs par Hokouyei, Hokoujiou, etc.

324 — Un Album in-fol. : Compositions variées, par Toyokuni.

325 — Un Album in-fol. : Acteurs, par Toyokuni et divers.

326 — Un Album in-fol. oblong: Scènes chinoises, par Shighénobou.

327 — Un Album in-fol. : Séries de Femmes par Toyokuni, Kunisada, etc.

328 — Un Album in-fol. : Séries de Femmes, par Kunisada, Toyokuni, etc.

329 — Un Album in-fol. : Séries de Femmes, par Yeisen, Kuniyassou, etc.

330 — Un Album in-fol. : Séries de Femmes, par Kuniyoshi, Yeisen, etc.

331 — Un Album in-fol. : Séries d'Acteurs, par Shighenobou.

332 — Un Album in-4 : Séries de Femmes, par Yeisen.

333 — Un Album oblong : Compositions humoristiques, par KIOSAÏ.

334 — Un Album : Les Ronins, par YEISEN.

335 — Un Album in-4 : Acteurs, par TOYOKUNI et divers.

336 — Un Album in-4 : Les Ronins, par YOSHIKADZOU.

337 — Un Album in-4 : Les Ronins, par YOSHIFOUJI.

338 — Un Album in-4 : Sujets divers, par KUNIYOSHI, KUNISADA, etc.

339 — Un Album in-4 : Sujets divers, par KUNIYOSHI.

339A— Un Album in-4 : Sènes féodales, par TOYOKUNI.

339B— Un Album in-4 : Scènes et Divertissements, par TOYOKUNI.

339C— Un Album in-4 : Suite de compositions, par TOYOKUNI.

339D— Un Album in-4 : Sujets divers, par KUNISADA et divers.

339E— Un Album in-4 : Lutteurs, par KUNISADA.

339F— Un Album oblong : Sujets variés, par KUNISADA, YEISEN, etc.

339G— Un Album oblong : Sujets variés, par SADOYOSHI et divers.

339H — Un Album in-4 : Scènes de théâtre, par YOSHI-TOSHI.

339I — Un Album : même sujet, par le même.

339K — Un Album in-4 : Les Ronins, par HIROSHIGHÉ.

340 — Un Album in-4 : Scènes humoristiques, par KUNIYOSHI.

341 — Un Album factice : Série des beautés des environs de Yeddo, par HOKUSAÏ.

342 — Un Album factice : Autre série des environs de Yeddo, par le même.

343 — Un Album factice : Autre série des environs de Yeddo, par le même.

344 — Un Album factice : Autre série des environs de Yeddo, par le même.

345 — Un Album factice : Autre série des environs de Yeddo, par le même.

346 — Un Album factice : Autre série des environs de Yeddo (deux séries réunies), par le même.

347 — Un Album factice : Paysages célèbres, par le même et RIOUKOSAÏ.

348 — Un Album factice : Réunions de Poètes, par GAKUTEI.

349 — Un Album factice : Seize Bustes de Femmes, par OUTAMARO.

350 — Un Album factice : Sujets tirés de la Mangoua, par Hokusaï.

351 — Un Album factice : Autres sujets tirés de la Mangoua, par le même.

352 — Un Album factice : Les Cent Poètes, par Kitao Massanobou.

353 — Un Album factice : Le Yoshivara, par Toyokuni.

354 — Un Album factice : Héros chinois, par Hok'kei.

355 — Un Album factice : Apparition. Scènes humoristique, par divers.

356 — Un Album factice : Scènes humoristiques, par Kiosaï.

357 — Un Album factice. Modèles pour l'Industrie, par Issaï.

358 — Un Album factice. Compositions diverses, par Harunobou.

359 — Un Album factice. Compositions diverses, par Toyokuni, etc.

360 — Deux Albums factices, tirage en noir : Occupation des Femmes, par Sukenobou.

361 — Un Album factice. Sujets tirés de la Mangoua, par Hokusaï.

362 — Un Album in-4. Kisokaïdo, par Hiroshighé.

363 — Deux Albums carrés in-8. Suite de Paysages.

364 — Album oblong. Huit Paysages.

365 — Album in-4. Suite de dix-sept Compositions, par HARUNOBOU.

366 — Album. Les cent Poètes, par SHUNSHO.

367 — Un Album : Autre série de cinquante Poètes, par le même.

368 — Un Album : Fleurs et Insectes.

369 — Deux Albums : Motifs variés, en couleur.

370 — Un Album : Études en couleur, École de KIOTO.

371 — Un Album factice : Le Tokaïdo, par par HOKUSAÏ.

372 — Un Album oblong : Compositions variées, École de KIOTO.

373 — Un Album oblong : Compositions variées, École de KIOTO.

374 — Un Album oblong : Compositions variées, École de KIOTO.

375 — Un Album oblong : Compositions variées, même École.

376 — Un Album oblong : Compositions variées, même École.

377 — Un Album oblong : Compositions variées, même École.

LIVRES EN COULEUR ET EN NOIR

378 — Un Exemplaire, 2 vol. in-4, Études, noir.

379 — Un Exemplaire, 6 vol, en-4, noir : Vie de Sakia Mouni, par Issaï.

380 — Un Exemplaire, Adzumi Meisho, 3 vol, 1re partie, par Hokusaï.

381 — Un Exemplaire, Adzumi Meisho, 2e partie, par le même, 3 vol.

382 — Un Exemplaire, Adzumi Meisho, 3e partie, par le même, 2 vol.

383 — Un Exemplaire, Adzumi Meisho, 4e partie, par le même, 2 vol.

384 — Un Exemplaire, 3 vol. : Cent Vues du Fuziyama, par le même.

385 — Un Exemplaire, 3 vol., Gouafou, par le même.

386 — Un Exemplaire, 5 vol.: Héros chinois, 1re partie, par Kokusaï.

387 — Un Exemplaire, 5 vol.: Héros chinois, 2e partie, par le même.

388 — Un Exemplaire, 3 tomes en 1 vol. Encyclopédie, par le même.

389 — Un Exemplaire, 5 vol.: Annales de Yeddo, par Settan et Settei.

ALBUMS PEINTS

390 — Un Album in-4 : Études d'oiseaux et Sujets divers.

391 — Un Album in-4 : Portraits de Femmes, par TOYOKUNI.

392 — Un Album in-4 : Scènes humoristiques, par ITSHO.

393 — Un Album in-4 : Études d'Oiseaux et Fleurs.

394 — Un Album oblong : Sujets humoristiques (École de TOBA).

395 — Un Album oblong : Mêmes sujets (École de TOBA).

396 — Un Album in-8 : Sujets fantastiques (Même école).

397 — Un Album in-8 : Sujets fantastiques (Même école).

AQUARELLES

398 — Deux Aquarelles : Groupes de Femmes, par SHIKIMARO.

399 — Deux Aquarelles : Groupes de Femmes, par le même.

400 — Deux Aquarelles : Groupes de Femmes, par le même.

401 — Deux Aquarelles : Groupes de Femmes, par SHIKIMARO.

402 — Deux Aquarelles : Groupes de Femmes, par le même.

403 — Deux Aquarelles : Groupes de Femmes, par le même.

404 — Un Triptyque : Dragon, Tigre et Poisson. XVIIIe siècle.

405 — Un Triptyque : Groupes de Personnages. XVIIIe siècle.

406 — Un Triptyque : Groupes de Personnages. XVIIIe siècle.

407 — Un Triptyque : Groupes de Personnages. XVIIIe siècle.

408 — Un Triptyque : Groupes de Personnages. XVIIIe siècle.

409 — Un Triptyque : Groupes de Personnages. XVIIIe siècle.

410 — Deux Panneaux : Personnages, Grues. XVIIIe siècle.

411 — Deux Panneaux : Éléphants, Renards, encre de Chine.

412 — Deux Panneaux : Quatre Sujets, aquarelle et encre de Chine.

413 — Quatre Aquarelles encadrées de soie blanche : Fleurs et Paysages.

ALBUMS ET CAHIERS D'ÉTUDES

414 — Un Album in-4 : Études diverses, encre de Chine.

415 — Un Album in-4 : Études diverses, aquarelles.

416 — Un Album in-fol.: Composition et études, aquarelles et encre de Chine.

417 — Un Cahier : Épreuves d'Estampes en noir, par divers.

418 — Un Album in-4 : Études diverses.

418 *bis* — Une Encre de Chine au trait : Fleurs et Oiseaux.

ALBUMS PEINTS, ÉTUDES

PAR HOKUSAÏ ET SON ÉCOLE

419-440 — Vingt-deux Cahiers : Études diverses.

PANNEAUX ET PARAVENTS

441 — Un Panneau : Groupes d'Oiseaux sur branches de cerisier et pivoines. Peinture sur soie, XVIIIe siècle.

442 — Un Panneau : Corbeau endormi sur une branche d'arbre. Effet d'hiver. XVIIIe siècle. Peinture sur papier.

443 — Un Panneau : Coq, Poules et Poussins dans les bambous. Aquarelle sur papier. XVIIIe siècle.

444 — Un Panneau : Grues dans les roseaux.

445 — Un Panneau : Deux Corbeaux. Aquarelle sur papier. XVIIIe siècle.

446 — Dix Panneaux : Sujets variés. Aquarelle poudrée d'or et d'argent sur papier. XVIIe siècle.

447 — Un Paravent à six feuilles : Fleurs et Oiseaux. Aquarelle sur papier.

448 — Un Panneau bois, décoré de trois bouquets de Chrysanthèmes, stylisé et repercé.

449 — Soixante-quinze Kakémonos.

IMPRIMERIE A. MAULDE ET Cie

144, RUE DE RIVOLI. — PARIS

www.ingramcontent.com/pod-product-compliance
Ingram Content Group UK Ltd.
Pitfield, Milton Keynes, MK11 3LW, UK
UKHW022000260726
13994UKWH00004B/1864

9 782329 435473